KB202533

아
침
별
어
린

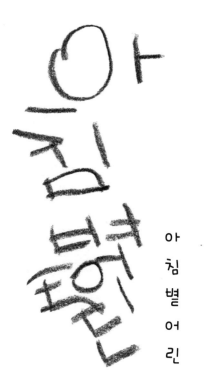

아
침
별
어
린

머리글

나이가 되면 결혼하는 줄 알았습니다.
나이가 되면 아이 낳는 줄 알았습니다.
당연히, 당연하다 여겼던 것들.
제가 되고 저였습니다.

어린 여자아이, 젊은 아가씨, 아내 그리고 엄마
전 아직도 여자아이입니다.
또, 젊은 아가씨입니다.
거울 속 모습엔 우리 엄마 보이지만
아직도 철없음은 예전과도 같습니다.

순하고 잘 웃는 예쁜 아기 주셨을때
아내가 되고 엄마가 됐다 생각했습니다.
아직도 여자아이, 또 젊은 아가씨란 착각 속에서
말입니다.

눈 감아도, 뒤에 있어도 느낄 수 있는 우리 아이 있는 지금,
조금은 엄마가 된 여자아이, 또 아내가 된 젊은 아가씨가
있습니다.

아이가 오고, 키우고, 나이가 들고, 누구나와 같은 시간이지만
아무에게나 허락된 시간은 아닐 겁니다.
배우지 않았지만, 알 수 있고, 할 수 있는 내가
아내와 엄마입니다.

하나.

구내 식당에 내려가 밥을 덜고 있으니 경리부 직원이 다가와 말을 겁니다.

"밥을 많이 드시네요?"

"응? 내가 많이 먹는 건가?"

그제서야 다른 직원들의 식판을 봅니다.

몸을 쓰는 스포츠팀 남자 직원들보다 제 식판의 밥이 더 봉긋 올라가 있습니다.

'내가 언제부터 이렇게 많이 먹기 시작한 거지?'

그러고 보니 생리를 시작할 듯 배가 알싸하기만 하고 생리를 하지도 않고 있습니다.

'설마….'

회사 화장실에서 혼자 임신 테스트를 해 봅니다.

선명한 두 줄!

'왔구나. 우리 아기가 와 줬구나!'
떨리는 손으로 남편에게 전화합니다.

"뭐? 진짜? 하하하 그래그래. 얘기는 집에 와서 하고 무리하지 말고 조심히 와."
남편의 목소리에서 기쁨과 작은 떨림을 느낍니다.

'그래서 그랬구나. 갑자기 회가 먹고 싶었던 것도, 못 먹으니 눈물이 났던 것도, 이웃과의 저녁 자리 불판 위의 고기를 다 먹어 치웠던 것도 다 그래서 그랬구나.'

'요즘 내가 뭘 먹었더라? 오늘 커피를 마셨던가? 음식이 맵진 않았나?'
찬찬히 그동안의 나의 행동들을 되짚어 봅니다.
사무실 책상에 앉아 연신 배를 쓰다듬습니다.

'왔구나. 이렇게 와 주었구나. 고마워! 고마워!'
우리 아이를 나는 품어 보지 못하는구나 하며 오랜 기다림에 이제는 체념하고 있었는데 이렇게 우리 아이가 기적처럼 와 주었습니다.

임신입니까?

둘.

임신 8주라고는 하지만 골반이 조금 커진 듯 의자에 닿는 엉치뼈 부분이 넓어진 정도, 아직 입덧이 시작되지는 않고 그저 식판의 밥만 여전히 위로 봉긋 올라와 있습니다. 다만, 조심해야 하는 음식들이 많으니 회사에서 한두 가지 반찬으로 식사를 해결해야 하는 경우가 생깁니다.

카레를 먹으면 태아가 너무 괴로워 몸을 뒤튼다는 얘기에 카레가 조금이라도 들어간 음식도 골라냅니다. 손목을 삐어도 파스조차 붙이지 못합니다. 먹어도 되는 약인지 안 되는 약인지 그런 것 구분 없이 약국에서 파는 것은 무조건 먹지도 바르지도 않게 됩니다. 그러다 보니 남편의 손이 파스를 대신하고 몸살이라도 나면 남편의 간호가 약이 됩니다.

아이가 검은 피부가 될까 초코 우유도 안 먹었다는 이야기. 그저 우스갯소리로 치부했는데 막상 내 아이를 갖고 보니 웃기지도 않던 이야기들에 심각해집니다. 아직은 몸의 변화가 크게 느껴지지도 않고 배가 나오지도 않아서인지 여전히 얼떨떨하고 무엇을 알아보고 준비해야 하는지 어리바리합니다.

임신 8주, 달라지고 있습니다

셋.

배가 점점 불러오니 앉고 서기 힘듭니다. 누군가가 배 속 힘껏 밀어내듯 뻐근하고 숨찹니다.

힘든데도 안 힘들고 짜증 또한 없습니다.

아기가 발로 배를 찹니다. 아프기보다 건강하다 안심하게 됩니다. 게으른 아이가 될까 몸도 좀 더 부지런히 놀립니다.

　"이제는 식당 가도 한 자리가 더 차겠네."

　"나 없이 어딜 가도 쓸쓸하지는 않겠다."

달라질 일상들을 기대하며 즐겁게 얘기합니다. 둘만 있어도 괜찮다 했는데 빈자리가 있었나 봅니다. 빈자리 주인 생각에 기다리는 하루하루 지루하지 않습니다.

넷.

새벽 2시 30분.

옆에서 자고 있는 남편이 깰까 조용히 일어나 병실을 나옵니다.

신생아실로 내려가 손을 씻고 젖을 짭니다. 처음 짤 때는 10ml도 나오지 않던 젖이 자꾸 짜니 2일밖에 안 되었는데도 40ml는 나옵니다.

12시, 3시, 6시, 9시….

병원에서는 3시간 간격으로 아기에게 우유를 먹인다고 하니 가능하면 엄마 젖을 먹이고 싶어 새벽에도 젖을 짜서 들여보냅니다. 아기에게 젖을 먹이기 위해선 3층 병실에서 1층 신생아실로 가야 하지만, 소젖을 먹이는 것보다는 엄마가 조금 수고스러운 것이 낫다 싶어 부지런히 오르내립니다.

자다가 꿈을 꿨는지 놀래며 웁니다.

놀랜 가슴 달래라고 젖을 물립니다.

추운지 딸꾹질을 합니다.

너무 힘들까 봐 얼른 멈추라고 젖을 물립니다.

졸린지 잠투정을 합니다.

재우기 위해 젖을 물립니다.

목욕을 하고, 속이 허~ 하고 추울까 싶어 얼른 젖을 물립니다.

외출하고 돌아오니 사람 많은 곳에서 스트레스를
받았는지 짜증을 부립니다.

편안해지라고 젖을 물립니다.

이유식을 시작하고, 소화를 잘 시키지 못하고 힘들어합니다.

소화 잘되라고 젖을 물립니다.

아빠의 드라이어 켜는 소리에 놀라 울음을
터트립니다.

별일 아니라고 달래며 젖을 물립니다.

방이 건조했는지 목마르다며 새벽에 힘들어합
니다.

잠이 완전히 깨 버리기 전에 젖을 물립니다.

2.7kg으로 태어난 우리 아기가 지금까지
아픈 곳 없이 건강하고 잘 웃는 아기
로 자라 주는 이유에는 영양적으로 그
리고 정서적인 안정적으로도 모유의 덕이 크

만병 통치 젖

다고 믿고 있습니다. 사람의 아이에게 가장 좋은 것은 역시 사람

젖이지 싶습니다.

남편이 말합니다.

"우리 아기에게는 엄마 젖이 만병 통치 젖이네."

만병 통치 젖

다섯.

‘휘이~휘익~’

어디선가 휘파람 부는 소리가 들립니다. 이 산중에 휘파람 불 사람이 없는데 싶어 두리번거립니다. 아기가 기분 좋다며 발을 동동 구르고 있습니다. 이런 저런 소리를 내며 ‘꺄~꺄~’ 소리도 지릅니다. 아이가 소리를 내다 우연히 입에서 휘파람 소리를 낸 것 같습니다. 너무 신기한 마음에

‘우와~ 휘파람도 불 줄 알아? 우와~’

하며 부추겨 세워 줍니다. 어리둥절한 표정을 짓던 아기도 칭찬이라는 것을 아는지 좋아합니다.

휘파람을 불 때마다

‘우와! 휘파람이네. 휘파람~’

합니다. 며칠 후, 남편에게 우리 아기 ‘휘파람’ 분다고 하자마자 아기가 휘파람을 붑니다.

11개월 휘파람 부는 아기

'설마 말을 알아듣나?'

"휘파람 불어 봐." 하자 아이가 입을 모으고 휘파람을 붑니다. 그 후로 휘파람 불어 달라고 할 때마다 입을 모아 불어 줍니다. 엄마에게 애교를 부릴 때, 엄마와 놀고 싶을 때 휘파람 부는 개인기가 하나 더 늘었습니다. 휘파람 부는 것도 신기하고 제 말을 알아듣는다는 것도 매번 개인기가 늘 때마다 마냥 신기합니다.

여섯.

'엄마가 맘마 줄게.' '엄마랑 코 잘까?' '우리 아기 엄마랑 산책 갈까?' '아빠가 안아 줄게.' '아빠랑 놀자.' '아빠! 다녀오셨어요. 해 봐.'

어느새 '아빠', '엄마'라는 말이 익숙해진 걸까? 결혼을 하고 '여보'라는 말이 어색하고 말이 떨어지지 않아 남편의 등을 보고 혼자 얼마나 연습을 했던지. 그런데 엄마라는, 아빠라는 말은 마치 원래 그러했던 것처럼 자연스럽게 아기를 향해 이야기하고 있습니다. 요즘 남편은 아이에게 자주 이야기해 줍니다.

'아빠가 있으니까 넌 걱정하지 말고 힘들면 아빠한테 다 말해. 아빠

가 도와줄게.'

너의 뒤엔 아빠라는 든든한 사람이 있으니 겁 먹지
말라는, 아빠라는 사람은 언제나 너
의 편이라는 말을 아이에게 늘 해 주
는 남편을 보며 우리 아이가 좋은 아
빠를 가졌구나 싶어 제 마음도 든든해집
니다.

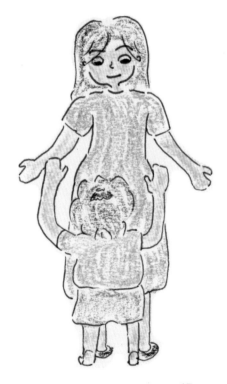

일곱.

‘주세요.’

아이가 저의 안경을 만지거나 아직은 아이에게 위험한 물건을
만질 때면 이 말을 하게 됩니다. 이제는 제법 말을 알아듣는 아
이는 순순히 하지만 뭔가 대단히 싫은 얼굴을 하면서도 저에게
그 물건을 줍니다.

‘주세요.’

아빠가 아이에게 강한 말투로 이야기합니다. 아이는 뭔가 장난
을 치려는 듯 혹은 경쟁이라도 하려는 듯 그 물건을 쥐고 달아나
거나 입을 앙 물고 조금 버팁니다. 아빠는 이런 모습에 약 올라
‘주세요!’를 연신 되풀이합니다.

‘아빠가 주세요 하면 줘야지!’

결국 아빠에게 빼앗기고는 토라진 듯 ‘힝~’ 하고 돌아눕기도 합
니다.

장난기 많은 아빠와 장난이라도 치는 듯 보이기도 하고 같은 남자로서 경쟁을 하고 싶은 건가?라는 생각이 들기도 합니다. 남편은 제가 너무 앞서 생각하는 것 아니냐고 하지만 아빠와 함께 있는 아이를 볼 때면 이런 생각을 안 할 수 없습니다. 역시 아이에겐 아빠의 역할 엄마의 역할이 모두 필요하다 다시 생각하게 됩니다.

여덟.

아기를 낳은 후 세상에서 가장 행복한 사람이 된 냥 늘 웃게 됩니다. 우리 아기 이렇게 잘 크고 있다며 이곳저곳 자랑도 하고 싶어집니다.

그런데 내 모습엔 조금씩 자신 없어집니다. 아기에게 신경이 많이 가서 그런다, 체형과 체질이 변해 그런다 등 이런저런 핑계를 댈 수 있겠지만 그래도 내 모습이 자꾸 초라해 보입니다.

화장품을 멀리하게 됩니다. 아기와 살 비비며 지내다 보니 혹시 아이에게 해가 될까 싶습니다.

밋밋한 티셔츠와 편한 바지를 찾아 입습니다. 아기를 안았을 때 옷의 장식이 아이를 긁을까 싶어, 아기와 앉았다 일어섰다 반복해야 하니 더욱 그러합니다.

반지, 시계는 빼놓게 됩니다. 아이를 씻길 때, 옷을 갈아 입히고 기저귀를 갈아 줄 때 아이의 살을 아프게 할까 싶어 거추장스럽다 느껴집니다. 이런저런 이유로 내 모습이 더욱 초라해 보이는 건지 아직도 예전의 모습으로 내 자신을 기억하고 있는 것인지, 이제는 엄마로서의 모습으로 변해 가면서 내 자신의 모습이 어색한 것이겠거니 하며 의연하게 멋있는 엄마로, 아줌마로 자신을 꾸며 나가야 할 것 같습니다. 조금씩 성숙해져 가는 저의 모습을 반갑게 기대해 봅니다.

아홉.

'우리 아기~ 우리 아기~ 착한 아기! 건강하고 용감한 현명한 아기~ 우리 아기~ 우리 아기~ 건강한 아기! 현명하고 멋있는 우리 아기~'
아이를 어르고 달랠 때, 노랫말을 개사하기도 하고 혼자 노랫말을 만들어 아이에게 흥얼대기도 합니다.
'입이 보살이다.'
말을 할 때 함부로 하지 말고 조심히 하라는 말이지만, 정말 제 입이 보살이라도 된 양 내가 바라는 우리 아이의 모습을 연신 흥얼거리게 됩니다.

열.

아이가 고사리 손을 움직여 이것저것 잡기 시작합니다. 그러면
우리는 아이가 재미있어할 무언가를 찾기 시작합니다.

아직 걸음마도 못 하는 아이에게 자동차를 사 주고 싶다는 아빠.
잘 앉지도 못하는 아이에게 블록 기차를 사 주고 싶은 엄마. 친
척들이며 지인들이 사다 준 장난감과 자동차로 방 한 켠에 살림
도 조금씩 늘어 갑니다. 책을 만지작거리면 책을 곁에 두어 주고
자동차로 손 뻗으면 자동차를 내어 줍니다.

그런데 정작 아이가 더 재미있어하는 것
은 엄마의 주방 서랍입니다. 서랍속에
정리해 놓은 아직 쓰지 않은 물건들.
행주, 주방장갑, 집게, 위생 팩 등
등. 제가 주방 일을 하는 동안
아이는 반대편 서랍 물건들을

꺼냈다 넣었다 반복합니다. 손에 장갑을 쥐어 들고는 깔깔 대며
웃기도 하고 괜스레 화난 듯 무심하게 툭 던져 버리기도 합니다.
물건들을 줄 세워 놓기도 하고 여기저기 흩트려 놓기도 합니다.
아이의 놀이터는 주방, 좋아하는 장난감은 엄마의 물건입니다.

열하나.

　"위험해!" "뒤로 나와야지." "그건 지지야." "조심해 다쳐!"
아이가 커 가면서 아는 것도 많아지고 호기심도 늘어납니다. 내
가 해 본다며 여기저기 손을 대고 이곳저곳 누빕니다.
오늘도 아이는 파리채를 손에 들고 청소를 하는 듯 휘두르고 다
닙니다.　지저분하다 만지지 말라 실랑이를 벌이니 옆에서 남편
이 한마디 합니다.
　"하루 종일 둘이 붙어 투닥거리는 걸 보니 딱! 짝지네~ 짝지."
해가 지고 밤이 돼도 여전히 티격태격 실랑이를 벌입니다.

열둘.

아직은 많이 어린 12개월쯤 하루하루 씩씩하게 잘 먹고 잘 싸고 잘 웃던 아기가 갑자기 이유식을 거부합니다. 칭얼거림의 시작. 이런 경우는 처음이라 어르고 달래기만 합니다. 낮에도 잘 놀고 이유식도 그럭저럭 잘 먹습니다.

갑자기 열이 시작됩니다. 너무 졸려 제대로 울지도 못하고 보채는 아이를 안고 90km를 달려 소아과에 도착합니다. 친절한 간호사의 말도 귀에 들어오지 않습니다. 아이를 앞에 앉히고 입안을 들여다보던 의사가 말합니다.

"수족구입니다. 이 아이의 경우 수족구의 사촌쯤 되는 수족구에 감염되었습니다."

사람 왕래라고는 없는 산골에서 수족구라니. 얼마전 약속이 있어 다녀온 유치원에서 감염된 것 같습니다. 축 처진 아이를 보며, 이렇게 아픈데 엄마라는 사람이 먹을 것 다 먹고 할 것 다 했나 싶어 스스로 한심하다 책망하게 됩니다.

열셋.

기저귀를 사니 크레파스가 따라옵니다. 이렇게 아이가 가진 크레파스 세트가 4개. 크레파스 하나 쥐여 주니 책상만 탕탕 치고는 던져 버립니다. '그래, 아직 이르다.' 하고 책장에 고이 모셔 놓고 잊고 있었습니다. 어느 날, 아이가 조용합니다. '아이가 조용하면 뭔가 사고 치고 있는 것이다.'라는 어른들의 말이 생각나 아이를 찾아 나섭니다.

방은 온통 책장에서 꺼내 놓은 책들로 엉망인데 아이는 크레파스 케이스를 들고 춤을 추고 있습니다. 그 모습에 그저 웃음만 납니다. 크레파스 하나를 꺼내 쥐여 주니 종이에 낙서를 합니다.

'어느새 이렇게 큰 거니. 엄마 몰래 혹시 그리기 연습을 한 거야?'

아무것도 못 하던 아이가 능숙하게 무언가를 하기 시작하면 이런 엉뚱한 생각을 하게 됩니다.

열넷.

아이가 기침할 때 두 손으로 입 가리는 시늉을 합니다. 외출 후 집에 돌아오면 양말 먼저 벗어 접어 저에게 건넵니다. 꾸깃꾸깃 접은 양말을 보며 뿌듯한 얼굴을 합니다. 서툰 걸음으로 돌아다니며 삐뚤어진 물건들을 정리합니다.

모르는 어른을 만나도 방긋 웃으며 꾸벅 인사합니다. 밖에서 만난 아이가 소리를 지르자 손가락 하나 입에 갖다 대고는 "쉿~" 합니다. 평소 저의 행동들을 아이가 보고 따라하기 시작합니다. 책으로, 놀이로 배우는 것보다

아빠, 엄마의 행동을 보고 더 쉽게 배웁니다. 그러니 행동도 말도 조심하게 됩니다. 아이를 보면 그 가정이 보인다더니 듣는 대로 따라하고 보는 대로 행동합니다. 마치 스폰지처럼 모든 걸 빨아들이는 것 같습니다.

열다섯.

먹기 좋게 담은 밥 한 술 아이 입에 넣어 줍니다. 넣자마자 혀를 쏙 내밀어 모두 뱉어 냅니다. 자기가 숟가락질해 보겠다며 밥그릇에 넣어 휘젓다가 쨍그랑. 밥상 밑으로 그릇이 떨어집니다. 식사를 준비하며 놓아둔 반찬을 아이가 손으로 휘저어 놓습니다. 두루마리 휴지를 한 칸 한 칸 떼어 내어 휴지산을 만들어 놓습니다. 마시라고 건넨 물을 바닥에 쏟아 버립니다. 아이 몸은 흠뻑 젖어 있고 바닥은 발로 비벼 온통 물바다가 되어 있습니다. 중요한 서류는 꾸깃꾸깃, 명세서는 길게 찢어져 있습니다.

이제 시작하는 아이에게 요령도 상식도 없으니 해야 할 것과 하지 말아야 할 것을 알 리 없습니다. 힘 조절이 안 되니 저의 눈엔 사고를 치는 것이고 자신이 무언가 한다는 것에 흥분해 행동이 더 과해지기도 합니다. 오늘도 아이는 부추전을 스스로 먹겠다며 포크로 힘차게 공중에 날립니다. 엄마는 휴지를 들고 아빠는

31

화내지 않으려 밥그릇에 얼굴을 묻고 붉으락 푸르락 카멜레온이
됩니다. 아빠가 한마디 합니다.

　"우리 아이는 내 인생의 선생님이야. 분노 조절 선생님."

입 속에 밥, 바닥에 밥, 휴지 든 엄마, 무표정 된 아빠

열여섯.

저희 아이는 음악을 참 좋아합니다. 그렇다고 아무 음악이나 좋아하는 것은 아닙니다. 극히 개인적인 취향을 가지고 있습니다. 그 좋아하는 음악 중 하나가 버스커버스커의 〈벚꽃 엔딩〉입니다. 아이들이 좋아하면 그 음악은 흥한다 하더니 그 말에 충분히 공감합니다.

아침부터 아이가 창에 붙어 노래를 흥얼대며 즐거워합니다. 밖에 나가고 싶어 하는 것 같아 바로 옷을 차려입고 밖으로 나섭니다. 어느새 개나리, 진달래, 산수유며 벚꽃들이 만개해 있습니다. 벚꽃을 보며 아이가 너무 좋아 흥분을 합니다. 주위의 꽃향기와 꽃잎에 취한 듯 아이가 끝없이 돌아다닙니다. 오늘 아침 봄향기를 맡고 그 향기에 끌리듯 그렇게 밖으로 나오고 싶었나 봅니다.

열일곱.

벽에 몸을 기대고 앉습니다. 작은 움직임도 없이 멍한 상태를 즐깁니다. 무언가 생각할 때도 있고 생각이 되어지는 대로 그냥 그렇게 놔둘 때도, 때로는 정말 아무 생각을 안 할 때도 있습니다. 눈에 초점은 흐려지고 눈의 깜박임도 줄어듭니다. 뭔가 보려 하기보다 그저 시선 머무는 대로 혹은 흘러가는 대로 그냥 그렇게 놓아둡니다. 어릴 때부터 이런 시간을 즐겼던 것 같습니다. 무언가를 생각하고 정리하려 하지 않아도 이러고 있으면 마음이 편안해지고 생각이 정리되곤 했습니다.

아이가 작은 막대기를 들고는 혼자 중얼거립니다. 재미있다는 듯 하하 웃기도 하고 인상까지 쓰며 무언가 관찰하기도 합니다. 그러다 문득 '얼음, 땡 놀이'라도 하듯 가만히 앉아 있습니다. 엄마인 저는 내가 그랬듯 아이도 혼자만의 시간을 즐기는 중이라 생각합니다. 좀 더 그 시간을 즐기라며 뒤에서 가만히 기다려 봅니다. 그런데 아이의 모습을 본 남편이 후다닥 달려옵니다.

"우리 아기 왜? 심심해?"

혼자 있는 모습이 뭔가 쓸쓸해 보였는지 아이를 감싸 안습니다.
사람마다 느끼는 게 참 다르구나. 나는 나의 생각에 빗대어 아이
를 보고 남편도 자신의 상황에 맞춰 아이를 보는구나 싶습니다.

열여덟.

"아휴~ 귀여워. 아기 몇 살? 엄마랑 어디 가? 가게 가? 놀러
가?"

아이와 손잡고 걷고 있으니 한 분이 다가와 아
이에게 말을 걸어 줍니다. 엄마로서 아이
가 사람들에게 귀여움 받는 것 같아 흐뭇
하고 감사합니다.

그러면서도 살짝 당황스러워집니다. 아직
말을 잘하지 못하는 아이에게 하는 질문
에 제가 어떻게 행동해야 하는지 잘 모
르겠습니다. 그저 아이에게 의례적으
로 하는 말인 건지. 그냥 한 말인데 군
이 내가 대답하려 하는 건 아닌지. 어찌할
지 몰라 이런저런 생각을 하면서 웃고만 있

게 됩니다.

어느샌가 아이와 손을 흔들며 멀어져 가는 그 분을 보며 우리 아이를 귀엽다며 말 걸어 준 분에게 혹시 예의 없게 군 건 아닌가란 생각이 듭니다.

열아홉.

오랜만의 친정 나들이.

그날 저녁, 가볍게 맥주 한 잔과 함께 먹을 치킨을 시킵니다. 형제들과 수다도 떨며 조카들 안부도 물으며 그렇게 시간을 보내고 있는데 친정어머니는 치킨 한 조각 드시고는 더 이상 드시지 않습니다. 언제나처럼 자식들 먹이려 입맛 없다 안 드시는 겁니다.

다음 날, 생선을 구워 함께 밥을 먹는데 어머니가 생선을 드시다 맙니다. 속상한 마음에 어머니에게 큰 소리를 내고 맙니다.

"같이 드시다가 모자라면 더 해 오거나 안 먹으면 되지 왜 안 드세요. 자꾸."

어머니가 뒤돌아보십니다.

"내가 엄마 닮아서 다른 데 가서도 음식 모자랄 것 같으면 안 먹고 숟가락을 내려놓잖아요."

한마디 하려 하시던 어머니가 갑자기 웃는 얼굴로 바뀝니다.

"나도 안 그럴 테니 너도 맘껏 먹어."
괜스레 큰 소리 낸 것 같아 또 후회합니다.

스물.

걸레를 들고 TV며 책장의 먼지를 닦아 냅니다. 책상 위, 아래를 부지런히 닦아 냅니다. 의자며 바닥에 놓여 있는 물건들을 들어 올려 그 밑의 먼지까지 닦습니다. 어느새 휴지 한 장 든 아이가 TV 뒤로 손을 넣어 닦으려 버둥댑니다. 손이 닿지도 않는 책장 위도 자기가 닦겠다며 까치발을 합니다.

장난감을 들어내고 먼지를 닦는다고 온 거실을 자신의 물건들로 어지럽힙니다. 제가 바닥을 닦고 있으니 엄마보다 먼저 닦겠다며 제 얼굴 앞으로 엉덩이를 들이밉니다. 청소가 끝난 아이는 뿌듯하게 웃으며 들고 있던 휴지를 휴지통이 아닌 싱크대에 던져 놓습니다. 아이에게 '내가 청소대장' 배지라도 줘야겠습니다.

41

내가 청소대장

스물하나.

"꿈에 우리 아기 나왔어. 이런 적 처음이야."
아이가 태어나고 일 년 정도 되었을 때 잠에서 깬 남편이 신기하
다며 말합니다.

꿈? 그러고 보니 저는 언제부턴가 꿈에서조차 아이와 함께인 것이 당연했습니다. 남편과 둘만 살았던 시절이 있었는지 싶게 지금 아이가 옆에 있는 것이 순간순간 놀랍기도 하면서 원래 그랬던 것마냥 당연시 여겨지기도 합니다. 아마 배 속에 품는 동안 저는 엄마가 되는 준비를 하게 되고 그것이 좀 더 자연스러운 일이 된 것일 겁니다. 하지만 남편은 아빠가 되는 데 조금 더 시간이 필요했던 것 같습니다. 그 기간이 꼭 제가 아이를 품었던 기간과 크게 차이 나지 않습니다. 남편이 이제 정말 아빠가 된 것 같아 왠지 기쁩니다.

스물둘.

"아가. 엄마랑 손잡고 가자."

이 한마디에도 아이가 울먹입니다. 머리를 쓰다듬어도, 물 먹자 해도, 밥 먹자고 해도 아이가 울먹입니다.

"왜? 슬퍼? 속상해?"

이렇게 물어보면 울먹이던 아이는 이내 울음보를 터트리고 맙니다. 엉엉 우는 것도 아니고 흑흑 하며 정말 슬프게도 웁니다. 갓난아기 때부터 잘 울지 않아 이 집에 아기가 있는 거 맞냐는 말까지 들을 정도였는데 지금은 온몸이 울음주머니라도 된 듯합니다. 남편은 아이가 크면서 감정 폭이 커진 것이니 크게 걱정 말라 합니다. 그러고 보니 울기만 하는 것이 아니라 웃기도 잘합니다. 낄낄대고 웃다 가도 갑자기 울음보를 터트리니 저는 애가 탑니다.

며칠 후, 자고 일어나면 울먹이며 엄마를 찾던 아이가 혼자 일어나 멀리 있는 엄마를 향해 손 흔들어 줍니다. 예쁘다 예쁘다 저의 볼도 쓰다듬어 줍니다.

그날 저녁, 습관처럼 아이가 못 알아들을 걸 알면서도 "우리 이
제 자자." 하며 잠자리 정리를 합니다. 뜻 모르고 그저 에~ 에~
거리던 아이가 "네~" 하며 베개를 찾아 먼저 눕습니다. 그전에는
볼 수 없던 행동들, 의미 없이 하던 행동들이 명확해지고 또렷해
졌습니다.

남편 말대로 몸 안의 변화에 아이도 크느라 힘들었구나. 그냥 크
는 줄 알았는데 아이는 몸과 마음이 같이 자라고 있었나 봅니다.

스물셋.

아이가 엄마, 아빠를 시작으로 말을 하기 시작합니다. 혼자 서 있기도 힘들어하던 아이가 한 걸음 한 걸음 걷기 시작합니다. 빗질을 해 주려 하니 혼자 하겠다며 빗을 뺏어 듭니다. 혼자 세수할 수 있다며 고집을 부리다 온몸이 젖어 버립니다.

바지를 혼자 입겠다며 낑낑거립니다. 제가 다가가자 바지를 들고 쏜살같이 도망갑니다. 귀찮다는 듯 아빠 옆에 붙어 엄마에게 오라 해도 오지 않습니다.

어느새 컸다고 아빠와 씨름을 하기도 하며 놀이가 조금씩 과격해집니다. 엄마와 노는 것이 이젠 시시한가 싶습니다.

그런데, 집 밖에서 뭔가 '쿵' 하는 소리가 납니다. 그 소리에 놀란 아이가 울며 엄마를 찾아 달려옵니다. 가구에 머리를 부딪치자 손을 벌려 안아 달라며 엄마를 부릅니다. 무서운 것을 보았는지 엄마에게 꼭 붙어 떨어지질 않습니다.

엄마라는 존재. 귀찮지만 좋은 그런 존재인가 봅니다.

47

스물넷.

아장아장 걷던 아이가 쾅! 하고 책상에 세게 부딪칩니다. 아파
우는 아이에게 괜찮다며 웃어 보입니다. 아이가 더욱 서럽게 웁
니다.

예방접종을 위해 병원을 찾습니다. 주사 맞는 것이 싫어 엄마를
찾으며 웁니다. 괜찮아 괜찮아 하며 웃어 보입니다. 아이가 더욱
목놓아 울어 버립니다.

문턱에 발을 찧은 아이가 울기 시작합니다. 같이 아픈 얼굴을 하며

"많이 아팠지?"

합니다. 아이의 울음이 잦아들며 저를 꼭 안습니다.

아이가 바닥에 넘어집니다. 바닥을 "떼찌! 떼찌!" 혼내 줍니다.
금세 울음을 그친 아이는 속상해하는 엄마의 얼굴을 쓰다듬으며
달래 줍니다.

웃는 얼굴을 보여 주면 안정할 줄 알았는데 아이는 오히려 엄마

가 무심하다 여겼나 봅니다. 웃고 있는 엄마가 야속했나 봅니다.

같이 아파하고 속상한 얼굴을 보여 주니 오히려 저를 위로하고

웃어 줍니다.

생각보다 복잡한 아이의 생각을 제가 단순하게 여겼나 봅니다.

스물다섯.

"병아리 떼 뿅뿅뿅~ 몰고 간 뒤에~", "응? 종종종? 뿅뿅뿅?"
언제부터인가 크게 부를 일이 없던 동요를 아이가 생기니 자주
부르게 됩니다. 하지만 머릿속에 있는 동요들이 뒤죽박죽 서로
엉키어 새로운 가사를 만들어 냅니다. 잊었던 동요도 다시 부르
고 새로 생긴 동요들도 배워 갑니다.

"뿅뿅뿅이야~"

"아냐. 종종종이야~"
남편과 누가 맞는지 서로 내기를 합니다.

"나리나리 개나리 입에 따다 물고요. 병아리 떼 종종종 봄나들
이 갑니다."
찾아보니 종종종이 맞습니다. 내기에서 지고 만 제가 열심히 남
편의 다리를 주무릅니다. 남편이 무척 만족스러운 표정으로 말
합니다.

"어~ 시원하다~"

51

스물여섯.

언제나처럼 아이와 앞서거니 뒷서거니 제 손엔 걸레를 아이 손
에는 휴지를 들고 집 안을 청소합니다. 치워 놓은 거실에 나도
정리한다며 장난감을 늘어놓고 닦아 놓은 부엌 바닥에 반찬 통
속 김을 쏟아냅니다. 인형을 올려 놓으니 내려 놓고 장난감을 밀
어 놓으니 당겨 놓습니다. 청소를 하는 건지 아이와 노는 건지
아빠가 어이없는 웃음을 지으며 바라봅니다.

방바닥을 닦기 위해 의자를 치우고 책상 아래로 들어갑니다.

'아…'

책상 벽에 그려져 있는 아이의 낙서. 아무래도 제가 아이의 숨겨
놓은 보물을 찾은 것 같습니다.

보물찾기

스물일곱.

책 넘기기 놀이를 하던 아이가 쏜살같이 화장실로 달려갑니다. 어떻게 알았는지 아빠가 화장실로 들어가니 따라간 겁니다. 문 앞에 앉은 아이는 노래를 부르기 시작합니다. 의미를 알 수 없는 흥얼거림. 그리고는 이내 춤을 추기 시작합니다. 그것도 지겨웠는지 화장실 문을 두드리기 시작합니다. 아빠가 답이라도 해 주면 아이는 신나 아빠를 부르며 문을 더욱 세게 두드립니다. 아빠가 화장실에서 나오면 아이는 "대따!"를 외치며 다시 책으로 돌아와 책 넘기기 놀이를 계속합니다.

빨리 나오라는 표현인지 아빠를 격려해 준 것인지 제가 알 순 없지만 아이의 표정에 흡족함이 묻어 있습니다. 남편이 저에게 다가와 한마디 합니다.

"나 변비 생길 것 같아."

화장실

스물여덟.

"눈을 굴려서~ 눈을 굴려서~ 눈사람을 만들자!" TV유치원을 보던 아이가 박자에 맞춰 율동을 합니다.

"우리 아이는 박자 감각이 뛰어난 것 같아."

아이와 거리를 걷다 보면 귀엽다 이쁘다 해 주는 분들을 만납니다.

"우리 아이는 귀염성이 있는 것 같아. 호감형인가 봐."

엄마가 하는 것을 유심히 보고 따라하는 걸 보니 관찰력도 있는 것 같고 넘어질 뻔하다가 벌떡 일어나는 것을 보니 운동신경도 좋은 것 같습니다. 몸매가 좋으니 어떤 옷을 입어도 잘 어울리고 엄마를 사랑스럽게 안아 주기도 하고 귀여운 표정도 지을 줄 알고, 그리고 보니 애교도 많은 것 같습니다.

"엄마! 우리 아이는 어쩌면 천재가 아닐까? 어쩜 이렇게 이쁘고 귀엽기까지 할 수가 있을까?"

옆에서 듣고 계시던 친정 엄마가 한마디 하십니다.

"뭔들 안 이쁘겠어. 네가 낳은 자식인데. 뭔들~"

스물아홉.

어린 시절, 몸집이 작았던 저는 아버지의 무릎에 누워 시간 보내는 것을 좋아했습니다. 아버지가 집에 계시는 날이면 양반다리를 한 아버지 다리 위에 누워 지내곤 했습니다. 커다란 콧구멍을 보며 이런저런 상상을 하기도 하고 까칠까칠 수염의 개수를 세기도 했습니다. 아버지의 향기가 좋아 배에 얼굴을 파묻고 종종 잠이 들기도 했습니다.

아이가 크면서 저처럼 남편의 무릎 찾는 일이 잦아집니다.

밥을 먹고 있는 아빠의 무릎에 앉겠다며 겨드랑이 사이로 자기 다리 하나 쑥 집어넣습니다. 아빠가 자고 있으면 다리 사이를 비집고 들어가 허벅지를 베고 누워 버립니다. 벽에 기대 앉은 아빠의 다리를 굽혀 발등에 엉덩이를 대고 앉아 버립니다. 그리고는 비행기를 태워 달라며 거부하기 힘든 미소를 아빠에게 지어 보입니다. 양반다리를 한 아빠의 다리에 앉아 노래도 듣고 엄마를 보며 장난도 칩니다.

남편은 그런 아이가 귀여워 저린 다리 풀지 못하고 도와 달라 계
속 저만 쳐다봅니다.

59

서른.

엄마 손을 꼭 잡고 걸어 다니던 아이가 이제는 손을 잡아 주니
슬쩍 놓아 버립니다. 혼자 걸어 보겠다며 어설프지만 씩씩하게
걸어갑니다. 넘어져도 아무 일 없다는 듯이 벌떡 일어납니다. 밥
도 혼자 먹겠다며 숟가락을 뺏어 들고, 놀던 장난감도 혼자
정리합니다. 아이가 혼자 하는 일이 느니 많이 컸다
며 좋아도 하고 기특해하기도 합니다.
그런데, 제 몸은 좀 더 편해졌는데
마음 한 켠 왠지 서운합니다. 저
를 토닥여 주다 잠든 아이를 보며
'언제 이렇게 자라 버린거니…'
혼잣말을 하게 됩니다.

서른하나.

북적북적한 식당가. 남편 없이 대형마트에 온 것이 너무 오랜만이라 조금 당황스럽습니다. 더군다나 아이와 단둘이 밖에서 식사라니.

갑자기 알게 된 물탱크 청소 소식에 집에서 음식을 할 수 없어 대형마트 푸드코트로 오게 되었습니다. 아이 먹을 밥을 시키고 자리에 앉습니다. 외식을 거의 안 하다 보니 이런 식당에 앉아 있는 것이 더욱 낯설어 어찌할 바 모릅니다. 요령이 없으니 음식을 가져오는 것도 물을 준비하는 것도 당혹스러워합니다. 이런 저를 보며 아이와 힘들 거라며 옆에서 물을 가져다주십니다.

이것저것 챙기느라 부산스런 엄마와는 달리 의연하게 앉아 있는 아이 모습에 갑자기 웃음이 납니다. 아이와 식당에 마주앉아 있는 것도 낯설고 한자리 차지하고는 저와 눈 맞춰 가며 의젓하게 밥 먹는 아이를 보니 첫 데이트 하던 때의 남편 같기도 합니다.

아이를 보고 있으니 조금씩 마음이 차분해지며 편한 식사를 합니다.

제가 아이를 살펴주는 것이 아니라 아빠 대신 아이가 제 옆을 지켜 주고 있습니다. 든든하게 제 옆을 지켜 주는 모습이 고맙고 푸근합니다.

아이와의 첫 데이트

아이와의 첫 데이트

서른둘.

"아기 좀 봐줘요."

음식을 하거나 청소를 할 때 남편에게 잠시만 아이를 봐달라 부탁합니다. 한참이 지나고 너무 조용하다 싶어 방을 들여다보면 아이는 버둥대다 이불을 걷어차고 배를 내민 채 누워 있거나 옆에 놓여 있던 기저귀를 장난감 삼아 손에 들고 파닥거리고 있습니다. 기저귀가 새서 옷이 다 젖어 버리거나 수건을 쪽쪽 빨고 있을 때도 있습니다. 그러는 동안 남편은 한 켠에서 자신의 일에 열중하고 있습니다. 약이 오른 제가 한마디 합니다.

"아기를 봐달란 말은 아기를 바라봐 달라는 것이 아니고 돌봐 달라는 말이에요."

아기를 잘 보고 있다고 자신만만해하던 남편이 멋쩍게 웃어 보입니다.

Look? Care!

서른셋.

아이가 쓰레기통을 자꾸만 손으로 만집니다. 하지말라해도 1초 깜박이라도 된 것처럼 손을 뗐었다가는 바로 다시 만집니다. 옷장을 잠시 열어 놓으면 안에 있던 옷을 모조리 꺼내어 놓고 건조대에 널어놓은 빨래는 바닥이나 베란다에 모두 던져 다시 하게 합니다. 공기청정기의 버튼을 계속 눌러댑니다. 하지 말라고 하면 머리 숙여 죄송하다 몸짓만 하고 또 눌러 댑니다. 혼을 낸다고 해도 그때뿐입니다.

아직 혼낼 나이가 아니라고 어른들이 말씀하시지만 혼날 일을 했으면 혼나야 한다는 생각이기에 그때마다 잘못된 행동을 말하고 알려 줍니다. 문제는 가끔 머릿속이 하얗게 되면서 몸속 어딘가에서 불이 올라와 목까지 뜨거워지는 것을 느낄 때입니다. 혼을 내더라도 제 감정 풀이가 되면 안 되는데 너무 화가 나서 한 번씩 얼굴이 하얗게 되고 표정이 굳어지는 것을 느낍니다. 그럴 때는 잠시 아무것도 안 하고 숨 고르기를 합니다. 바로 혼내 봤자 아이는 왜 혼나는지도 모르고 울기만 할 것이고 저는 저대로 온갖 자책과 후회로 괴로워할 것을 알기 때문입니다. 그리고는 생각합니다.

'우리 아이 정도면 착한 거야. 이 정도 똑똑한 아기니까 그나마 수월한 거야.'

스스로 마음을 다스립니다.

"나는 네가 엄마 아들이어서 정말 좋아."

혼내려던 마음 내려놓고 꼭 안아 줍니다.

서른넷.

요즘 아이의 관심은 '바닥'입니다.

신발의 밑바닥, 주차장의 땅바닥, 화단의 흙바닥, 아빠, 엄마의

발바닥.

외출을 위해 신발을 신으면 밑바닥을 손으로 꼭 만집니다. 엄마

가 못 만지게 하는 것을 아니까 왼쪽 신발을 신기는 동안 오른쪽

신발의 밑바닥을 얼른 훑어냅니다.

　"안 돼! 지지~"

밖에 나가 혼자 걷겠다며 조금 걷다가는 넘어지는 척하고 두 손

으로 연신 바닥을 짚습니다.

　"하지 마! 지지~"

화단으로 들어가 흙을 움켜쥐고 조물거리고, 아빠, 엄마의 발바

닥에 뽀뽀를 하겠다고 입을 내밉니다.

　"그만! 지지~"

이것저것 만져 보게 하고 느끼게 하고 싶지만 온갖 더러운 것이 다 묻어 있는 '바닥'에만 관심을 가지니 하지 말라는 말만 늘어납니다.

'아이가 생기면 거칠게 키워야지. 얼굴과 옷이 꼬질꼬질해질 때까지 밖에서 마음껏 뛰어놀게 해야지.'

이렇게 생각했었는데 이것저것 함부로 만지다가 혹시 아이가 아플까 노심초사하게 됩니다.

연신 바닥을 만져대며 재밌어하던 아이가 손에 작은 밥풀만 묻어도 닦아 달라 손 내밀면 '넌 천상 없는 내 아들이구나.' 싶습니다.

깔끔쟁이

서른다섯.

부엌에서 일할 때 아이는 제 뒤에서 혼자 서랍놀이를 합니다. 거
실이든 방이든 제가 있는 곳에 아이가 있습니다. 거실에서 방으
로, 방에서 부엌으로 제가 가는 곳이 어디든 늘 쫓아다닙니다.
엄마와 같은 공간에서 놀이도 하고 노래도 합니다. 잠을 잘 땐
손을 잡고 잠들고 밥 먹을 때도 엄마와 함께입니다.

"사는 동안 나를 이렇게 좋아해 주는 존
재가 또 있을까?"
저의 말에 남편이 측은하게 쳐다봅
니다.

"엄마! 나 여자친구 생겼다 하
면 당신이 얼마나 허전해할까?"
남편에게는 아니라고 부정했
지만 생각해 보지 않은 미래라

잠시 당황했습니다. 그리고 생각합니다.

'아이가 사랑하는 사람을 진심으로 기뻐해 줄 수 있는 마음. 그 연습을 시작해야겠다.'

조금 슬퍼졌습니다.

괜한 걱정

서른여섯.

남편이 왼쪽 가슴을 아이에게 내보입니다.

"아들! 어버이 날인데 뭐 없어?"

어버이날이 뭔지도 모르는 아이에게 꽃을 달라 조르는 모습에
저는 그저 웃음만 납니다.

어린이날이 되니 챙겨 줄 아이가 있다는 것이 신기하고 어버이
날이 되니 제가 어버이라는 사실이 또 신기
합니다. 아이가 없을 때는 별다른 이벤트
없이 보내는 그냥 그런 날이었는데, 일
년 중 특별한 날이 이틀이나 늘어난 셈
입니다. 아빠의 계속된 짓궂음에 모른
척 웃으며 뒤돌아 앉아 있는 아이를
보며 생각합니다.

'우리에게 와 줘서 고마워.'

서른일곱.

"옷은 티셔츠부터 입어야지." 하면

"바지부터 입는 거지." 합니다.

"라면은 면을 먼저 넣어야지." 하면

"스프를 먼저 넣는 거지." 합니다.

"수건은 세 번 접자." 하면

"네 번 접는 거야." 하고 비빔냉면 먹으려 하면

"역시 냉면은 물냉면이지." 합니다.

"이리 마음이 안 맞아서야."

남편이 장난스럽게 하는 말처럼 우리 부부는 많은 부분이 다릅니다. 내가 원하는 일의 반대로 결정하면 남편이 좋아할 일이다 생각 들 정도로 좋아하는 음식도 성향도 참 많이 다릅니다.

아침에 일어나면 꿈 이야기를 합니다. "어제 꿈에~"

TV에 나오는 사람들을 보며 이러쿵저러쿵 서로의 생각을 이야기합니다. "내가 보기에는 말야~"

아이가 새로운 행동을 하거나 재미있는 표정만 지어도 서로를 부르며 이야기해 주고 싶어 합니다. 일어나서 잠들 때까지 그리고 꿈속에 있었던 일마저 시시콜콜 이야기를 나눕니다.

서로가 많이 다르기에 이야깃거리도 줄어들지 않습니다. 상대의 이야기에 신기해하고 놀라워합니다.

아이를 키우면서도 이러한 차이는 극명합니다.

어리다며 마냥 챙겨 주려는 저와 혼자 하도록 조금 무심해져야 한다는 남편, 책이나 노래를 들려주려는 저와 밖에 나가 뛰어놀아야 한다는 남편, 이렇게 서로 다른 생각을 갖고 있으니 아이는 오히려 다양하게 놀게 됩니다. 아이를 키우기에 서로가 다르다는 것이 그리 나쁘지 않아 보입니다.

다름

서른여덟.

아이와 장난을 치다 어깨에 담이 걸려 움직일 수가 없습니다. 할
수 없이 멀리 있는 남편을 불러 봅니다.

"여보~"

아이가 뭔가 장난기 가득한 눈으
로 저를 쳐다봅니다.

"여보~"

가만히 듣고 있던 아이가 슬그
머니 방을 나갑니다.

"어버~ 어버~"

아이가 저 대신 남편을 부릅니다. '어버'
와 아이가 손을 잡고 웃으며 방으로 들
어옵니다.

서른아홉.

"우왕~"

아이가 웁니다. 물건을 던지다가 아빠에게 혼이 난 것 같습니다. 부엌에 있던 저는 아이가 보지 못하는 곳으로 몸을 숨깁니다. 혹시나 저에게 의지해 상황을 모면하려 할까 해서입니다.

아이는 나오는 눈물을 참고 아빠에게 공손히 잘못했다 합니다. 아빠가 조용히 아이를 안아 줍니다.

"다시는 그러면 안 돼! 위험하잖아."

또 그럴 것이라는 걸 알지만 아빠는 다시 한번 해서는 안 되는 일을 알려 줍니다. 그 제야 제가 아이에게 다가가 안아 주고는 세 수를 시키고 떨리는 가슴 진정하라고 물 한 모금 먹입니다.

강한 아이로 키우려 노력하지만, 우는 아

이의 모습을 보고 있자면 혼내는 사람도 옆에서 보는 사람도 마음이 아프긴 마찬가지입니다.

혼낼 때

마흔.

오늘은 뭘 해 먹을까? 냉장고 속을 여기저기 뒤져 봅니다. 쌀을 씻
어 놓고 쌀뜨물에 손질해 놓은 냉이도 넣어 된장찌개를 끓입니다.
멸치를 볶아 놓고 가지도 볶고 이런저런 나물들도 내놓습니다.
아이도 배가 고픈지 자기 식사 의자에 앉아 노래
를 부르고 있습니다. 한상 가득 상을 차리고
아이가 먹을 반찬을 먹기 좋게 잘게 자르고
있을 때 조용히 남편이 저를 부릅니다.
  "생쌀인데?"
쌀을 씻어만 놓고 불을 켜지 않아 생쌀 그
대로의 밥솥 안. 상가 책을 찾게 되는 순
간입니다.
  "아들! 짜장면 먹을까?" "네에~"

마흔하나.

"안 돼!" "하지 마!" "왜 자꾸 그래~"

몸이 안 좋으니 아이에게 차근히 말하기보다는 혼을 내고 자꾸 짜증을 냅니다. 제가 화를 내니 아이가 뾰로통합니다. 제가 짜증을 내니 아이는 더욱 고집을 부립니다. 그러니 하루 종일 서로 투닥거립니다. 잠자리에 들어 물 달라던 아이가 물컵 뚜껑을 옆으로 툭! 던집니다.

그제야 제가 아이에게 화 내고 짜증 부리고 있었다는 걸 깨닫습니다. 엄마의 그림자처럼 하는 대로 그대로 모두 따라하는 아이에게 뭐든 하지 말라며 아이 탓만 했습니다.

"이렇게 던지면 뚜껑이 아야하잖아. 여기에 다른 사람이 맞아도 아야해."

편안한 얼굴로 차근히 말해 주니 "네~" 하고 웃으며 대답합니다. 하루 종일 무언가 시무룩하던 아이는 기분 좋아 작은 목소리로 노래도 하고 누운 채로 팔을 올려 춤도 춥니다.

'잘못은 내가 하고 괜스레 아이에게 혼만 내고 있었네.'

기분 좋게 잠든 아이를 보며 미안해집니다.

마흔둘.

봄입니다. 그런데 여름처럼 덥습니다.

아이가 입고 있던 실내복에 과감히 가위질을 합니다. 긴 팔은 뭉

텅 잘라 반팔로, 긴 바지는 칠부바지로 만

들었습니다. 어차피 다가올 겨울엔

작아져 버릴 옷들이기에 미련

없이 옷을 잘라 박음질을 합

니다. 어설픈 솜씨지만 아이가

시원해 하니 그걸로 됐습니다. 이로

써 간절기 옷 준비는 끝입니다.

마흔셋.

엄마라는 사람이 폐렴인 줄 모르고 괜찮다는 의사 말에 며칠 더
고생시키고, 어디서 그런 건지 이마에는 멍이 들어있고, 뜨거운
냄비에 손가락은 데이고 물집이 잡히도록 알아채지 못하고, 상
처가 나고 또 아프도록 나는 뭘 하고 있었던 걸까?

아이가 아프면 남의 탓 하기보다는 엄마인 제 자신을 자책하게 됩니다. 내가 좀 더 살펴볼 걸. 내가 옆에 있어 줄 걸. 어쩔 수 없던 상황이라도 모든 것이 내 탓 같아 미안하고 마음이 아파 옵니다.

"아니야. 잘하고 있어. 우리 아이처럼 엄마 사랑 많이 받는 아이도 드물 걸? 당신은 상위 1% 엄마야!"

아이에게 최고의 엄마라며 인정해 주고 격려해 주는 남편의 한마디에 무거웠던 마음이 편안해졌습니다.

마흔넷.

'뿌웅~' '끙' '뿡~'

아이가 배 속이 불편한지 방귀를 뀌며 걸어 다닙니다. 배에 힘을 주어 방귀 뀌는 모습이 신기하고 웃기기도 합니다.

"여보! 봤어? 배에 힘주는 거 너무 귀엽지?"

"응? 으응."

남편의 반응이 시큰둥합니다.

아이가 응아를 했다며 어기적거리며 저에게 옵니다. 아이를 데리고 욕실로 들어갑니다.

"여보! 어머어머해. 볼래? 이런 작은 몸에서 어떻게 이렇게…."

"응? 으응. 건강해서 다행이네."

순간 '아차~' 합니다. 방귀 뀌는 모습이 귀엽다며 식사 중인 남편에게 굳이 알려 주고 비위 약한 남편에게 아이 응아를 보여 주려 했던 겁니다. 나에게 귀여워도 다른 사람에게는 거북할 수 있는데 미쳐 그 생각을 못 했습니다. 아무리 아빠라고 해도 불편할 수 있는데 제가 남편을 배려하지 못한 겁니다.

"그래도 내 자식이라 그런가. 그렇게 더럽진 않아."

미안해하는 저를 보며 이렇게 말해 주는 남편이 고맙고 변해 가는 모습이 반갑습니다.

마흔다섯.

아직은 익숙지 않은 걸음걸이에 엄마 손 꼭 잡고 걷던 아이가 손을 슬쩍 놓습니다. 또래 아이가 혼자 그네 타는 것을 유심히 보더니 자기도 그네를 타 보겠다며 앉혀 달라 합니다. 혼자 하려는 것이 늘었구나 기특해하며 살살 밀어주는데 아이의 손이 하얗습니다. 겁이 많이 났는지 줄을 꽉 잡고 있습니다. 그렇게 그네를 타던 아이가 혼자 힘으로 내려옵니다.

"우와 씩씩하네."

칭찬을 해 줘도 들은 체 만 체. 힘들었는지 벤치에 앉습니다. 아이의 시선이 머무는 곳을 따라가니 조금 전 혼자 그네 타던 또래 아이가 멀어져 가고 있습니다.

경쟁? 자존심? 자기도 할 수 있다며 무서운 걸 참은 건가? 오늘 아이는 뭔가 멋진 영아가 된 것 같습니다.

마흔여섯.

날이 너무 더워서인지 공원의 작은 수영장이 임시개장 했습니다. 수영장이라고는 해도 발목 정도 깊이의 물만 찰랑거리고 있습니다. 물을 좋아하는 아이를 위해 발이나 담그게 해 주자 하며 바지만 벗겨 내고 물속으로 함께 들어갑니다.

순간, 신이 난 아이가 손으로 발로 온몸을 다 적셔 놓습니다. 어쩌나. 예상치 못한 상황에 당황스럽기만 합니다.

"옷은 가져오셨어요? 수건은 있으세요?"

주위 사람들의 걱정에 더욱 당혹스러워합니다. 좋아하는 아이를 보며

'이미 젖어 버린 옷은 어쩔 수 없으니 아이가 즐거워하면 그걸로 됐다.'

일찌감치 체념해 버립니다. 아이의 손을 잡고 물장구 치며 온몸이 다 젖도록 물놀이합니다. 마음을 내리니 아이도 저도 물놀이

즐거웠습니다

가 더욱 즐거워집니다.

마흔일곱.

선물이 도착했습니다. 기적소리를 내며 레일 위를 달리는 기차입니다. 레일을 조립하고 그 위에 기차를 올리니 아이가 옆에 자리하고 앉습니다. 기차를 본 아이는 만지는 것을 주저하며 조심스러워합니다. 그러면서도 달리는 기차를 향해 손을 흔듭니다.

"안녕~"

그 모습이 귀여워 동영상에 남기고 그 것을 선물해 주신 분께 보냅니다. 아이가 좋아하는 모습에

"선물 사러 또 가야겠다." 하며 흐뭇해합니다.

제가 받은 선물

보다 아이가 받는 선물이 더 좋은 걸 보니 저도 부모가 맞구나 싶
습니다.

마흔여덟.

멀리 사시는 고모부님이 전화하십니다.

"전화했었니?"

친정어머니도 전화하십니다.

"전화했었니?"

여기저기 계속해서 전화가 옵니다.

잠시 뒤 방 안에서 아이의 웃음소리가 들립니다. 무언가를 중얼중얼. 그러다가 웃고 또 웃습니다.

살며시 들여다본 방 안에서는 아이가 한 손에 휴대전화를 들고 손가락으로 마구 눌러대고 있습니다. 때아닌 아이의 전화놀이 덕분에 여기저기 안부를 전하고 있습니다.

기별

마흔아홉.

휴대폰을 쓰레기통에 버리고 웅아한 기저귀를 손으로 만지고 강아지 물그릇에 손을 담그고 현관에 주저앉아 손바닥을 비비고 하지 말라 해도 굳이 한 번 더 해 결국 큰 소리가 나고 혼이 납니다.

"그건 더러운 거야. 더러우니까 하지 말라는 거라고!"

아이를 혼내고 있는 제 옆에서 남편이 웃긴 표정으로 추임새를 놓습니다.

"젖도 못 빨던 게…."

웃음을 참으며 아이에게 말을 계속합니다.

"네가 그렇게 하면~"

"그러게. 말 잘 듣는 애로 낳았어야지. 우리 과실은 7:3으로 하겠어."

남편의 장난에 결국 웃음보가 터져 버렸습니다. 아침부터 두 남자 덕에 제 마음이 들쭉날쭉합니다.

아침부터 우리는

쉰.

주변 사람들을 의식하지 않던 아이가 놀이터에서 한 누나에게 관심을 보입니다. 이쁘다며 머리를 쓰다듬고 누나가 하는 것을 그대로 따라합니다. 그 누나도 아이와 함께 장난감을 나눠 가지고 놀며 즐거워합니다.

아이가 흙을 한 움큼 쥐고 일어납니다.

"우와 잘한다."

"아 안 돼."

두 손으로 흙바닥을 마구 비빕니다.

"옳지, 옳지, 잘한다."

"아 안 되는데⋯."

아이의 장난을 칭찬하는 누나의 엄마 옆에서 더럽다며 안 된다 말하는 저의 목소리는 작아집니다. 그 누나의 엄마가 저희 아이의 흙장난을 다 받아 줍니다. 아이가 한 움큼 쥔 흙을 두 손으로 받아 주고 흙을 뿌려도, 비벼도 잘한다며 함께 장단 맞춰 줍니다. 아이는 신이 나서 머릿속이 흙으로 가득하도록 마음껏 흙장난을 합니다. 놀이터에서 주위 주기 바빴던 제가 오늘은 한발 물러나 아이가 하는 대로 지켜보고만 있게 됩니다. 기분이 좋아졌는지 집으로 돌아오기 전 그 누나와 누나의 엄마를 꼭 안아 줍니다.

다른 엄마들을 보며 내가 너무 까탈을 부리는 건가라는 생각도 하게 됩니다. 아이가 아플까 걱정을 하면서도 아이를 너무 위축시키는 건가 고민도 하게 됩니다. 아이에 관한 것이니 더욱 조심스러워집니다. 생각도 많아지는 하루입니다.

쉰하나.

"왜 그래?"

잘 넘어지던 저를 보며 당시 남자친구였던 남편이 자주 하던 말입니다. 길거리에서는 손잡고 다니는 게 아니라며 함께 걸을 때도 손 한번 잡기 어려웠던 무뚝뚝한 남편, 아니 남자친구였습니다.

아이가 식사 중인 아빠 곁으로 옵니다.

한 손으로는 아이를 쓰다듬으며 다른 한 손으로는 식탁 모서리를 감쌉니다. 아이가 다칠까 하는 걱정에서입니다.

아이가 기분 좋아 달려가다 넘어집니다. 얼른

달려가 안아주고는 놀란 가슴 진정하라며 토닥여 줍니다.

기분이 안 좋아 인상을 쓰고 있다가도 아이가 다가오면 웃어 보입니다. 멀리 있어도 아이가 무언가 끙끙거리는 소리를 내면 얼른 달려와 살펴봅니다. 아무래도 남자와 아빠는 다른 존재인 것 같습니다.

쉰둘.

이른 새벽, 깜짝 놀라 눈을 뜹니다. 아이가 어디 있는지부터 살피고 조용히 일어나 물 한 잔 마십니다. 내가 너무 깊이 잠든 것 같다는 생각에 순간 잠이 깨 버렸습니다.

아이가 태어난 이후로 깊은 잠에 든 적이 별로 없습니다. 하지만, 간혹 이렇게 깊은 잠을 잘 때면 깜짝 놀라 잠에서 깨고는 합니다. 내가 잠든 동안 이불이 아이 얼굴을 덮어 숨쉬기 힘든 건 아닌지 배를 내밀고 자는 건 아닌지, 침대에서 떨어지진 않았는지, 혼자 일어나 있지는 않은지 하는 걱정들 때문입니다.

예전, 어머니가 한 번씩 방문을 열어 볼 때마다 잠을 깨운다며 짜증 내던 것이 생각납니다. 그것이, 몸에 배어 버린 걱정이라는 것을 알았다면 그러지 않았을 텐데 싶습니다.

아빠를 닮아서인지 온 방 안을 휘저으며 잠을 자는 아이를 살며시 안아 올려 바로 눕힙니다. 남편은

"이제 아이도 컸으니 너무 걱정 안 해도 돼."

라고 하지만, 생각보다 몸이 먼저 반응하니 어쩔 도리가 없습니다.

쉰셋.

'콜록~콜록~'

이제 막 잠든 아이가 깰까 봐 베개에 머리를 묻고 마른 기침을 합니다. 아이가 얼른 다가와 저의 목을 감싸 안습니다. 그리고는 그대로 다시 잠이 들어 버립니다. 이른 아침 아이와 동시에 눈이 떠졌습니다. 온전히 떠지지 않은 눈으로 저와 눈을 마주치며 방긋 웃어 줍니다.

설거지가 끝나고 물 잠그는 소리가 들리자 주위를 맴돌던 아이가 얼른 곁으로 와 다리를 감싸 안습니다. 아프다 하면 작은 입을 갖다 대며 호~ 해 주고 바닥에 앉으면 등 뒤로 와 두드려 줍니다. 뺨을 맞대어 비비고 밥을 먹다가도 손을 잡자 하고 두 손을 올려 커다란 하트를 만들어 줍니다.

"고마워요. 아이 좋아~"

엄마의 한마디에 눈을 마주하며 환하게 웃어 보입니다. 하루하루 이렇게 아이의 사랑에 취해 웃고 행복합니다.

쉰넷.

"토실토실 아기 돼~지 젖 달라고 꿀꿀 꿀~"

"꿍!꿍!꿍!"

순간 부르던 노래를 멈춥니다.

'뭐지? 지금 노래한 건가?'

"도도도도 무릎입니다. 레레레레 배꼽입니다. 미미미미 가슴입니다. 파파~"

"빠빠빠빠 으깨~~"

순간 왈칵 쏟아질 듯 눈에 눈물이 고입니다. 처음 아빠, 엄마 했을 때만큼의 기쁨입니다. 이젠 말문이 트이나 싶어 이것저것 말을 해 봅니다.

"기차!" "디타!"

조금씩 말을 시작하는 아이를 보며 조급해 말아야지 무리하지 말아야지 다짐해 보지만 말하는 모습이 귀여워 자꾸 말을 시키게 됩니다.

노랫말을 따라하는 모습이 기특해 영상으로 남기다 보니 한 번에 녹화한 것만 10개가 넘습니다.

"여보! 이것 봐 너무 귀엽지?"

신기하다며 동영상을 보던 남편은 조금씩 지쳐 가는 것이 보입니다.

"배경이라도 달리해 보지. 다 똑같잖아."

"같지 않아. 다 달라~"

짧게나마 단어를 따라하는 모습이 신기하고 기특해서 자꾸 보게 됩니다. 아이가 옆에서 자고 있는데도 동영상 속 모습을 보고 또 보게 됩니다.

말문

쉰다섯.

문지방에 제 발을 세게 부딪칩니다. 너무 아파 눈물이 나올 지경입니다. 구부정하게 앉아 있는 저의 앞으로 아이가 얼굴을 들이밉니다.

"엄마 괜찮아~"

아프지 않은 척 웃어 보입니다.

일이 잘 풀리지 않습니다. 머리가 지끈거려 미간을 찡그리게 됩니다. 의자에 앉은 저의 허리를 감싸며 아이가 올려다봅니다.

"응~ 엄마 괜찮아!"

웃으며 아이를 안아 줍니다.

화나고 속상하고 슬플 때 아무것도 하고 싶지 않아집니다. 그런데도 아이를 보면 애써 웃음 짓게 되고 억지로라도 움직여 뭐든 해 주게 됩니다. 아프고 힘들고 걱정스러운 일들. 도저히 웃음이 나올 상황이 아닌데도 아이가 쳐다보면 혹시 자기한테 화났다 생각할까, 자기가 잘못했다 생각할까 싶어 자꾸 웃어 보이게 됩니다.

억지웃음 짓다 보니 기분도 조금씩 풀어집니다. 아픈 것도 잊고 웃으며 아이와 놀고 있습니다. 항상 좋을 순 없지만 이렇게라도 웃으니 마음이 조금은 가벼워져 옵니다.

다른 얼굴

쉰여섯.

아이는 아빠, 엄마를 많이 닮아 있습니다. 가르친 것도
아닌데 언제 본 것인지 아니면 원래 그렇게 태어난 것인지
작은 버릇 하나까지 닮아 있습니다. 누워 있을 때 왼쪽 다리
를 올려 오른쪽 무릎에 척하니 올려놓는 모습이나 할머니와 전화
할 때 쉼 없이 돌아다니며 통화하는 모습이 아빠와 똑 닮았습니
다.

잠을 잘 때 등을 대고 눕는 모습이나 뭔가 생각을 할 때 얼굴을
비스듬히 하는 모습은 저의 모습과 똑같습니다.

다른 사람 눈엔 별것 아닌 것 같은 이런 모습들이 저에겐
세상에서 제일 귀여운 모습이 됩니다.

자식

쉰일곱.

어느덧 아이는 모든 걸 다 해 주어야 했던 영아기에서 유아기로 넘어온 것 같습니다. 스스로 할 수 있는 일도 늘어나고 일일이 알려 주지 않아도 혼자 고민하고 터득해 나가는 모습을 종종 볼 수 있게 되었습니다. 하지만, 저의 보살핌 단계는 아직 영아기에 머물고 있었나 봅니다.

끙끙거리는 소리만 듣고도 혼자 잘 놀고 있던 아이에게

"엄마가 해 줄까? 엄마가 해 줘? 응? 해 줄게."

하며 거듭니다. 이대로는 안 되겠다 싶습니다. 마음을 다잡고 아이를 위해 저를 키워야 할 때입니다.

'내버려 두기' '기다려 주기' 그리고 '믿어 주기'.

믿어 주기

쉰여덟.

혼을 내면 아이는 귀여운 눈을 하고 씩 웃습니다. 장난으로 아는
걸까? 잘못한 줄 모르나? 고민하게 됩니다.

그런데 혼난 후, 아이를 안아 주니 웃고 있던 얼굴이 이내 일그러
지며 서럽게 울기 시작합니다. 울음을 참기 위해 웃고 있었나 봅
니다. 참던 울음이 터지니 쉽게 그치질 못합니다. 아이를 혼내는
것도 마음 아픈데 울음을 참고 있었다 생각하니 더욱 속상합니
다.

장난치며 더러워진 몸을 씻기고 옷을 입히는데 이번엔 아이가
저를 꼭 껴안으며 토닥여 줍니다. 제 무릎에서 올라서서 꺄르르
웃으며 장난을 칩니다. 굳어 있던 제 얼굴도 어느새 아이와 함께
웃으며 아이의 장난에 장단을 맞추고 있습니다.

"마음이 샤르르 녹아? 화 풀렸어? 우리 아들 샤르르 왕자님이
네~ 엄마 마음 녹이는 샤르르 왕자님."

가만히 지켜보던 남편도 함께 껄껄 웃습니다.

샤르르 왕자님

쉰아홉.

남편과 얘기할 때면 아이는 손으로 제 얼굴을 돌려 자신과 눈을 맞추라 합니다. TV를 보며 웃고 있으면 아빠, 엄마를 번갈아 힐 끔거리며 옆에서 함께 웃는 시늉을 합니다. 배 아프다는 남편의 배를 주무르고 있으면 엄마 앞으로 비집고 들어와 아빠 배를 주무릅니다.

아빠, 엄마가 뭔가 하는 것 같으면 어느새 한자리 차지하고 위험하니 나와라 해도 요지부동 움직이질 않습니다. 무언가에 열중해 있는 우리를 보며

  "나도 여기 있어요!"

말하는 것 같습니다.

나도 있어요

예순.

"뒤로 나와서 봐야지. 뒤로~"

"국자는 장난감 아니야. 넣어 놔 주세요."

"현관은 지저분하니까 맨발로 나가면 안 돼."

엄마 말을 잘 듣고 따라주던 아이가 고집이 생겼습니다. 뒷걸음
질 치는 척 제자리걸음을 하고 안 들리는 듯 모른 체 앉아 있기도
하고 손에 든 물건 달라 하면

"아니야~ 아니야~"

손을 내저으며 돌아앉기도 합니다.

이 세상 살아 나가려면 자기 고집도 곧은 성격도, 하고 싶은 것을
말할 줄 아는 강단도 있어야 한다 그리 생각합니다. 그래도 걱정
하는 엄마의 마음을 알아주는 자상함도 있었으면 좋겠습니다.

하루하루 아이의 고집은 더욱 세지고 엄마의 목소리도 점점 커
져 갑니다.

고집

예순하나.

아이가 아파 잠시 입원을 하게 되었습니다.

힘들어하는 아이가 안타까워 젖을 물리고 안아 줍니다. 아이도
불안한지 엄마에게 꼭 안겨 떨어지려 하지 않습니다.

　"여보! 물 좀 떠다 줘요."

　"식판 치워야 해요."

　"수건 적셔다 줄래요?"

저는 침대에서 벗어나지 못하고 남편에게 모든 걸 의지하게 됩
니다.

　"당신은 전혀 부지런하지 않아!"

아무 소리 없이 도와주던 남편이 짜증 섞인 한마디를 남기고 나
가 버립니다. 당시 다인실이었던 병실 안은 한동안 정적이 흐릅
니다. 주위에 누구도 저에게 뭐라 말하는 사람은 없지만 침묵 속
의 수근거림이 느껴집니다. 잠시 후 돌아온 남편의 손엔 물을 채

운 물병이 들려 있습니다.

  "나 혼자 창피하게 만들고 나가 버리는게 어디 있어~"

저의 속삭임에 남편은 뭔가 통쾌하다는 듯 개구진 얼굴로 웃어

버립니다.

혼난 날

예순둘.

두 접 정도의 마늘을 다 까려니 어깨도 아프고 목도 아픕니다.
어느새 뒤에 앉은 아이가 안마를 해 줍니다. 토닥토닥 통통통.
처음에는 자신도 같이한다며 손을 쭉 뻗어 버둥대더니 곧 포기
하고 물러납니다. 혼자 노래도 했다가 장난감을 가지고 놀기도
하고 책도 보다가 엄마 옆에 누워 발로 장난을 걸기도 합니다.
오전에 시작한 일이 저녁 다 되어서야 끝이 납니다. 냉동실에 간
마늘을 넣어 놓고 보니 곳간에 쌀을 채워 놓은 듯 뿌듯합니다.

"앞으로 일년은 또 마늘 걱정 없겠네."

허리도 피지 못하고 도와주던 남편이 여기저기 쑤신다며 드러 눕습니다. 혼자서도 잘 놀아 준 아이가 고맙고 하루 종일 고생한 남편이 고맙습니다.

"올해 김장도 맛있게 해 줄게요."

고생한 아빠를 위해 토닥토닥 통통통 아이가 안마를 시작합니다.

예순셋.

하지(夏至)가 지나니 이른 아침 인데도 날이 무척 덥습니다. 열이 많은 남편과 아이는 아침부터 땀을 흘리며 더위를 이겨 내는 중입니다. 좀 더 시원한 작은 방으로 피신을 보내고 혼자 부엌에서 밀린 일을 합니다.

그런데 덥지 않습니다. 남편과 아이가 있는 방에서는 여전히 열기가 느껴지는데 저 혼자 있는 부엌은 뭔가 시원하기까지 합니다.

아침부터 더운 데는 아무래도 남편과 아이의 열기도 한몫한 것 같습니다. 욕실로 데려가 아이의 열기를 식혀 줘야겠습니다.

더위 시작

예순넷.

'자고 일어나니 딴사람이 되어 있더라.'

마치 요즘의 저희 아이를 말하는 것 같습니다. 말도 잘 들어주고 기다려 주기도 잘하던 아이가 고집이 생기고 성격도 급해져 다른 사람 된 것처럼 행동합니다.

음악 듣고 싶다며 핸드폰을 가져옵니다.

"지금은 시끄럽게 하면 안 되니까 나중에 듣자."

핸드폰을 가방에 넣으려 하자 발을 동동 구르며 뺏으려 안간힘 씁니다. TV 리모컨을 들고는 채널을 계속 바꿉니다. 하지 말라며 리모컨을 뺏으니 화난다며 발을 쿵쿵 구릅니다.

느끼는 감정들이 다양해지고 표현도 많아졌습니다. 잘 크고 있구나 흐뭇하고 기특하면서도 고집 부리거나 생떼질 할 땐 아이를 혼내게 됩니다. 오늘 아침도 아이를 꼭 안으며 다짐합니다.

'오늘은 화내지 말아야지. 심하게 혼내지 말아야지.'

다짐

예순다섯.

"아~"

밥을 먹던 아이가 자신의 포크에 있는 부침개를 아빠 입에 넣어 줍니다. 갑자기 입으로 음식이 들어오자 깜짝 놀란 남편은 방금 뭐였지? 하는 표정을 짓습니다. 아이는 기쁜 표정으로 손뼉을 치며 스스로를 칭찬해 주는 듯합니다.

가르쳐 주지 않아도 베풀 줄 알고 그것을 기뻐하는 모습에 놀랍기도 하고 대견하기도 합니다. 작은 부침개 한 점이 준 오늘 아침의 행복입니다.

124

예순여섯.

이삼 일 정도 이런저런 이유로 집 앞 산책조차 나가지 못했습니다. 오랜만의 외출. 문화센터에 도착한 아이는 수업 내내 가만히 있지 못합니다. 신나게 춤추고 놀며 누구보다 재미나게 수업을 즐긴 아이. 아직 흥이 남았는지 길에서 깡충깡충 뛰며 즐거워합니다.

집에서 답답해하지 않고 잘 있어 준다 여겼는데 많이 참고 있었나 봅니다. 잘 참아 주어 고마우면서도 마음을 알아주지 못해 미안합니다.

신난 하루

예순일곱.

도서관의 오전은 조금 한가합니다. 아침 일찍 도착하니 저희 아이 또래 몇몇이 유아실 책장 사이를 오가며 놀고 있습니다. 책을 꺼내어 보기도 하고 숨바꼭질하듯 나타났다가는 사라지길 반복합니다. 책장 사이로 사라진 저희 아이를 들여다보니 자기보다 어린 동생 머리를 쓰다듬으며 "예쁘다. 예쁘다." 하고 있습니다. 그 뒤에서는 저희 아이와 놀고 싶다며 이것저것 가져다주는 아이도 있습니다.

갑자기 자신들만의 세계를 만들어 버린 아이들을 보며 어른들은 끼어들지 못하고 뒤에서 가만히 지켜보게 됩니다. 서로가 서로를 쫓아다니기도 하고 책을 권하기도 하고 없어지면 어디 있는지 찾아다니기도 합니다. 잘 어울려 노는 아이를 보며

'저렇게 커야 하는데, 동네 언니, 오빠 누나, 동생, 친구들과 어울려 저렇게 커야 하는데 이젠 그렇게 하기가 너무 힘드네.'

동네 형, 누나, 오빠, 언니, 동생

하며 괜히 씁쓸해합니다.

동네 형, 누나, 오빠, 언니, 동생

예순여덟.

한 발짝 한 발짝 내디딜 때마다 보이는 나뭇잎마다 아이는 반가운 인사를 건넵니다. 걸어오는 사람마다 아는 체하고 어른을 볼 때마다 인사하는 아이 덕에 저 역시 처음 보는 분들에게 인사하기 바쁩니다. 5분 거리 방앗간을 한참 만에 도착합니다. 오랜만에 도넛 가게도 들러 간식까지 사고 나니 어느새 오전 일과가 끝나 버렸습니다.

혼자였을 땐 동네 가게 정도야 별것 아닌 일이었지만 아이와 함께하니 시간이 걸려도 재미난 일이 되고 신기한 체험이 됩니다. 우체통의 우편물을 보물인 냥 꼭 안고 아이는 신이 나서 집으로 들어옵니다. 동네 마실이 힘들었는지 아이도 저도 달콤한 낮잠에 빠져듭니다.

집 앞 가게 가는 길

집앞 가게 가는 길

예순아홉.

아이는 아빠를 참 좋아합니다. 아빠가 앉으면 뒤로 와 안고선 흔들흔들 춤을 추고 일어서면 다리 한쪽 붙잡고 힘겨루기, 누우면 머리맡에 앉아 머리를 쓰다듬고 이마에 뽀뽀도 합니다. 밥 먹을 땐 누가 시키지 않아도 자신보다 먼저 아빠 입으로 제일 좋아하는 반찬을 쏙 넣어 줍니다. 그리고 나서야 기분 좋아진 얼굴로 맛있게도 밥을 먹습니다.

오늘의 간식은 수제 꽈배기입니다. 아이와 힘들게 멀리까지 걸어가 직접 사 온 꽈배기. 하던 놀이 멈추고 얼른 달려와 맛있게 먹습니다.

"아~"

아이가 먹여 주는 것이 귀여워 이번에도 기대하며 아빠가 아이 옆에서 입을 벌립니다.

"아~"

아이가 못 들었나 싶어 한 번 더 소리를 냅니다.

아이는 손에 쥔 포크를 다른 손으로 옮겨 잡고 얼른 자신의 입안으로 꽈배기를 넣어 버립니다. 당황한 아빠가 아이에게 질문 공세입니다.

"꽈배기가 그렇게 맛있어? 아빠한테 화난 거 아니지?"

믿을 수 없다는 듯 아빠는 한 번 더 달라 해 보지만 아이는 난처한지 포크만 쳐다보고 있습니다.

보고 있는 전 안 준다며 옆으로 돌아앉은 아이보다 당황하며 채근하는 남편의 모습에 더 웃음이 납니다.

131

일흔.

날씨가 참 야속합니다. 비가 오니 습하고 습하니 덥고 그러다 강풍 불면 그 바람 너무 차갑습니다. 날씨가 이러니 아픈 아이가 더 힘들까 걱정입니다. 다행히 밤새 잘 자던 아이가 이른 아침 울면서 일어납니다. 약을 먹이고 좀 진정된 아이를 꼭 안고 함께 누워 토닥여 줍니다. 추운지 엄마 품으로 찾아 들어오는 아이. 지켜보던 남편이 모시 이불을 가져옵니다.

"아빠가 최고네."

남편의 자상함이 무척 고맙습니다. 가져온 모시 이불은 반듯이 접어 아이 배를 덮어 줍니다. 저와 함께 덮어도 충분한 이불을 굳이 접어 아이만 덮어 주니 순간 야속하기도 하고 남편의 고지식함에 헛웃음도 납니다.

"매정하네. 나까지 덮을 수 있는 이불을 굳이 접어 아이만 덮어 줘요?"

남편은 아차! 하는 얼굴로 이불을 다시 추스릅니다. 남편의 얼굴에 멋쩍음과 민망함이 묻어납니다.

일흔하나.

처음 약을 먹일 때 당연히 싫어할 것이라 생각했습니다. 억지로 입을 벌려 한입에 털어 넣다 보니 옆으로 흐르기도 하고 뿌리치는 아이 손에 모두 흘리기도 했습니다. 약이 아까운 것보다 아픈 아이가 약 때문에 더 힘들어하니 마음이 좋지 않았습니다.

그런데 어느 날, 물약에 가루약을 타고 있으니 아이가 옆으로 다가옵니다.

"먹을래?"

하니 입을 크게 벌립니다. 한 입에 꿀떡 삼키고는 미간을 약간 찌푸리며 물을 찾습니다. 억지로 먹이지 않아도 잘 먹는 약을 지레 겁 먹고 힘들게 먹이고 있었나 봅니다. 아이는 약을 좋아한다기보다 '어차피 먹을 거 빨리 해치워 버리자.' 하는 느낌입니다. 약 때문에 힘들게 하지 않고 자신도 힘들어하지 않으니 고맙고 다행한 일입니다.

'맛없는 약이야. 아~" "꿀떡~"

오늘도 아이는 약을 한 입에 삼키고는 물 한 잔으로 입을 가십니다.

한입에 꿀꺽

일흔둘.

따뜻한 바닥에 누워 아이와 눈을 마주칩니다. 내가 웃으면 웃고
눈을 크게 뜨면 그걸 따라하려는 모습에 마음이 따뜻해집니다.
몸을 닦고 기저귀를 갈고 배불리 먹은 아이가 낮잠에 빠집니다.
살랑이는 바람에 아이의 머리가 흔들립니다. 좋은 꿈을 꾸는지
입꼬리가 씰룩.
지금이 아이 인생에 가장 완벽한 날이 아닐까 합니다.

완벽한 날

아침별어린

ⓒ 노진향, 2023

초판 1쇄 발행 2023년 3월 30일

지은이   노진향
삽화   노진향
펴낸이   이기봉
편집   좋은땅 편집팀
펴낸곳   도서출판 좋은땅
주소   서울특별시 마포구 양화로12길 26 지월드빌딩 (서교동 395-7)
전화   02)374-8616~7
팩스   02)374-8614
이메일   gworldbook@naver.com
홈페이지   www.g-world.co.kr

ISBN   979-11-388-1778-3 (03810)